Il Sole
cerca moglie

www.battelloavapore.it

I Edizione 2009

20145 Milano - Via Tiziano, 32
www.edizpiemme.it - info@edizpiemme.it

Stampa: Mondadori Printing S.p.A - Stabilimento di Verona

Lia Levi

Il Sole cerca moglie

Illustrazioni di

Maurizia Rubino

PIEMME

UNA MATTINA IL SOLE si svegliò e si sentì molto triste.

«Perché sono così triste?» pensò, e la risposta gli venne quasi subito: si sentiva solo.

Non aveva nessuno che gli tenesse un po' di compagnia. Capita così quando si è un grande Re, però…

Almeno la Luna aveva le Stelle e poteva chiacchierare con loro.

L'unica amica del Sole, invece, era una nuvola stretta stretta e così piccola che più piccola non si può. E poi era anche abbastanza sciocca.

Tanti e tanti anni prima il Sole aveva provato a parlare con le nuvole più grosse, ma appena loro si facevano vedere, a lui toccava sparire, e così addio amicizia.

Quelle nuvolone, sempre vestite di scuro per sembrare importanti, si mettevano proprio al centro del Cielo e coprivano il Sole, che doveva andarsene a dormire di corsa, qualunque ora fosse. A volte doveva addirittura mettersi i tappi nelle orecchie per non sentire il fracasso che facevano quando si divertivano a sbattere l'una contro l'altra come le macchinine della giostra, lasciando cadere sulla Terra tremendi temporali.

La nuvola piccola, invece, si chiamava Ziz e non gli dava nessun fastidio, perché era grande più o meno come un bassotto.

Però non faceva che parlare a vanvera e le piaceva rotolare su e giù in continuazione, o fare ridicole capriole.

Ed era molto faticoso seguire i suoi discorsi, quando parlava a testa in giù.

Insomma, Ziz trattava il Sole come un vecchio signore da rispettare, sì, ma anche da prendere un po' in giro, e poco ci mancava che non gli tirasse il naso.

– Sono davvero molto giù – disse il Sole quella mattina (e lo disse proprio a Ziz, perché non aveva nessun altro con cui parlare).

– Ti sarai preso un raffreddore quando ti sei tuffato in mare per dormire, ieri sera – rise Ziz, facendo la solita capriola.

– Vorrei fare amicizia con qualcuno per poter chiacchierare un po', e magari... chissà, prendermi addirittura una moglie.

– Sposa la Luna, – gli disse Ziz – così vi vedrete ogni giorno solo per un momento e non avrete tempo per litigare!

E questa volta parlava seriamente, senza scherzare.

Sposare la Luna, figuriamoci! Per vederla solo un attimo, quando lei aveva finito il suo lavoro e toccava a lui illuminare il mondo?

E poi... la Luna! Ora ci andava d'accordo, ma un tempo la Luna aveva cercato di giocargli un brutto tiro...

Quando Dio aveva creato il mondo aveva fatto il Sole e la Luna uguali identici, della stessa grandezza e con la stessa luce. Però la Luna si era fatta avanti con aria furbetta.

«Senti, Signore» aveva detto. «Tu hai creato il Cielo e la Terra, ma il Cielo è più grande della Terra...

«Sì, e allora?» aveva chiesto Dio con aria distratta, perché dopo aver fatto tante cose era un po' stanco.

«Beh, hai creato anche il fuoco e l'acqua, ma l'acqua è più forte del fuoco perché lo può spegnere, e invece il fuoco non può incendiare l'acqua...» proseguì la Luna.

Il Signore ascoltava e pensava: «Voglio proprio vedere dove vuole arrivare...».

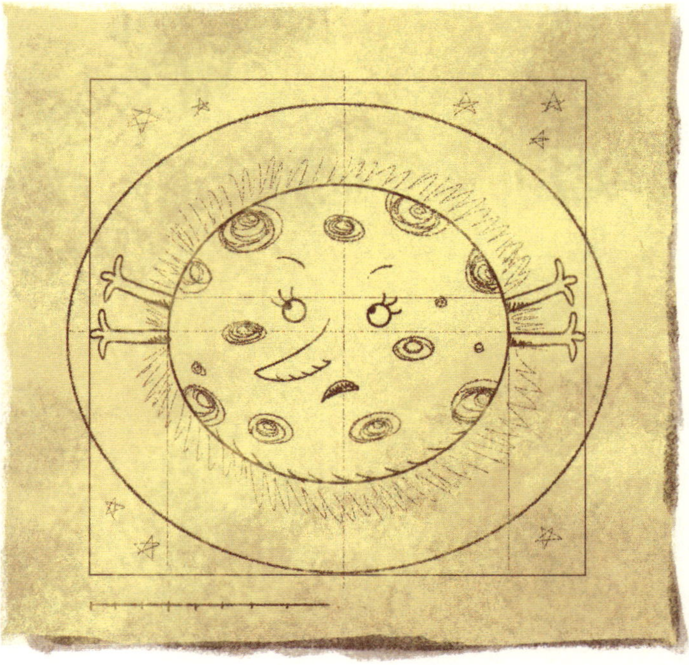

«Ecco» buttò lì la Luna «nelle coppie che hai creato, di solito uno è più grande e l'altro è più piccolo, uno è più forte e l'altro è più debole. Il Sole e la Luna, però, sono uguali, mentre uno dei due (io, per esempio) dovrebbe essere più grande e più importante dell'altro».

«Ah, tu vorresti essere la più grande! Non mi piace questo modo di comportarsi! Per punizione, la tua luce sarà meno forte di quella del Sole.»

«No, per favore!» piagnucolò la Luna. «Mi sono comportata male, ma adesso sono pentita...»

Allora il Signore si commosse e la perdonò. «Va bene, resterai uguale al Sole…»

«Uguale al Sole?!» Si capiva che la Luna era delusa, perché in realtà voleva essere "più" del Sole.

«Ma allora non è vero che sei pentita!» e questa volta il Signore si arrabbiò moltissimo. «Sarai più piccola e brillerai solo della luce che ti presterà lui!» decise, e con una spinta le fece fare un bel volo.

La Luna precipitando si fece male agli angoli e se li ruppe addirittura. Così nel cielo schizzarono mille scintille, e nacquero le Stelle.

Ma questo era successo tanto e tanto tempo prima, e a poco a poco la Luna si era dimenticata di tutta la storia.

Passa un secolo e passa l'altro, adesso la Luna sembrava convinta di essere stata lei a decidere di illuminare la notte con una luce d'argento, non forte e violenta come quella del Sole, ma più gentile.

Anzi, così gentile che a volte le persone, con quella luce, per un momento diventavano più buone e si volevano davvero bene.

– La mia è una vita ideale – diceva. – Fatico molto meno del Sole e mi diverto di più, con tante Stelle che mi fanno compagnia. Il Signore è stato buono con me.

Il Sole sapeva com'erano andate le cose in realtà, ma l'aveva perdonata. Beh, non era stato difficile... dopo tutto era stato lui a vincere, e senza muovere un dito.

Ora il Sole e la Luna erano amici.

Quando lei finiva il turno e il Sole stava per cominciare il suo, si incontravano a metà Cielo, si salutavano con gentilezza e si fermavano a scambiare qualche parola. Pochissime parole, perché non c'era tempo.

Quel giorno il Sole aveva deciso di confidarsi con la Luna. Per forza, oltre a Ziz non conosceva nessun altro.

– Fermati un attimo – disse alla Luna. – Ho bisogno di parlarti. Sai, mi sento troppo solo e vorrei un amico. Anzi, più che un amico vorrei trovare una moglie.

– Non hai amici?! – si stupì la Luna. – Io ne ho tanti, invece. E le Stelle più simpatiche sono diventate le mie amiche del cuore. Per questo non ho mai pensato di cercare marito. Con le amiche ci si diverte di più e si è molto più libere.

– Sì, ma io… –. Il Sole voleva parlare di sé e non delle amiche della Luna.

– Prova a guardarti attorno – proseguì la Luna senza badargli. – Osserva la Terra e l'Universo con un po' più di attenzione. Non come fai tu, che ti senti un grande Re e guardi tutto dall'alto.

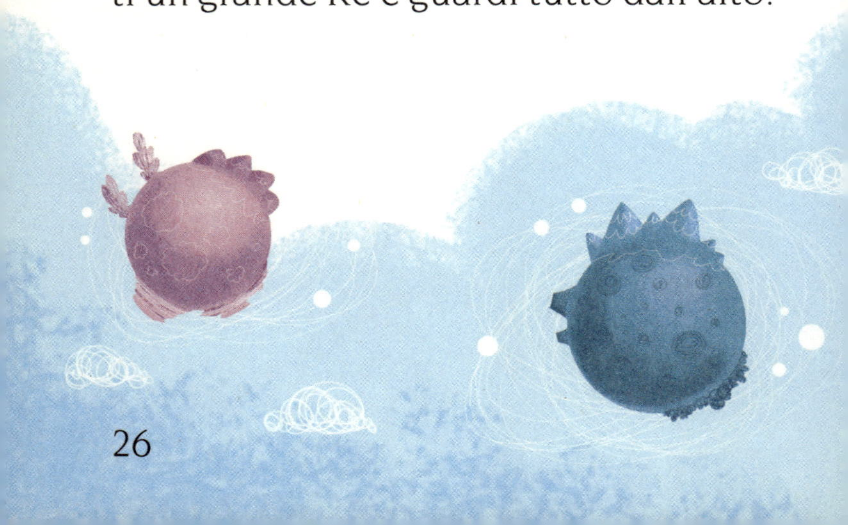

Come vedete, la Luna non poteva fare a meno di essere un po' dispettosa con il suo vecchio rivale.

– Se sembrerai meno lontano e non ti darai tante arie, troverai sicuramente qualcuno pronto a volerti bene... Basta scendere un po'... abbassarsi di qualche gradino.

– Ci penserò – disse il Sole, e ringraziò la Luna con calore.

Il Sole cominciò a guardare sulla Terra con attenzione, ma sembrava che laggiù ci fossero solo cose conosciute, viste e riviste migliaia di volte. Però poi si decise a scendere un pochino, e finalmente la vide.

Vide lei, la bella prateria.

Larga, lunga, col vento che muoveva l'erba leggera leggera e i fiori gialli, rossi, azzurri e violetti, che sembrava ballassero al ritmo di quel vento…

E, in mezzo a tutto quel verde, i cavalli con i loro puledrini correvano felici su e giù.

Il Sole si incantò. Si era già innamorato della prateria, ma siccome era la prima volta che gli succedeva, non sapeva come comportarsi.

Si abbassò di colpo, così tanto e così in fretta che il suo calore fece seccare ogni cosa in pochi secondi.

Addio erba e fiori e colori, addio morbido verde! Ormai restavano solo rametti bruciacchiati o arsi, e i cavalli erano scappati via.

– Cosa hai fatto? – pianse la prateria. – Mi hai rovinato!

– Ma io volevo solo fare amicizia con te – balbettò il Sole, mortificato.

– Ti pare il modo? Se prima non impari le buone maniere, non farai amicizia proprio con nessuno.

Poi la prateria si guardò intorno e si lamentò: – Adesso sono diventata un deserto. Mi ci vorranno cento anni per tornare come prima.

Per fortuna su un grosso albero era rimasto ancora un uccello e la prateria cominciò a parlare con lui, continuando a lamentarsi e a prendersela con il Sole.

Per un bel po' il Sole restò in disparte, molto mortificato per quello che gli era successo.

Era più che mai di cattivo umore e anche Ziz finì per dire: – Uffa, com'è scorbutico!

Quando il Sole incontrava la Luna a metà Cielo, le faceva solo un saluto da lontano, ma non si fermava mai a parlare.

Non aveva nessuna voglia di raccontare la sua sconfitta.

La Luna, vedendo che il Sole la sfuggiva, alzò le spalle e cominciò a ridacchiare con le amiche Stelle. – Sempre le solite arie! Prima mi cerca e poi non si degna più di parlarmi! Per quello che me ne importa!

E così ora tutti ce l'avevano con il Sole.

– Non m'innamorerò mai più – si disse lui, ma un giorno che si era di nuovo abbassato un pochino per guardare il mare (che allora era molto più grande di adesso e copriva quasi tutta la Terra) una bellissima sirena gli fece un gran sorriso, dicendo: – Ciao, sono Sariel. Potremmo fare amicizia, se tu venissi più vicino.

– Eh, no! – gridò il Sole. – È pericoloso. Non posso abbassarmi troppo... se no combino un mucchio di guai.

– Va bene, parleremo da lontano – gli disse la sirena con voce gentile, e il Sole sospirò di sollievo.

In realtà Sariel si era innamorata di lui, e naturalmente lo voleva vicino.

– Ma su, scendi, devo sussurrarti qualcosa all'orecchio – gli diceva.

– Ti prego, Sariel, non insistere, mi è già successo una volta con una prateria e l'ho distrutta in un attimo. È molto meglio vederci da lontano.

Ma lei tanto disse e tanto fece che un giorno il Sole si calò giù, vicino alla sua sirena.

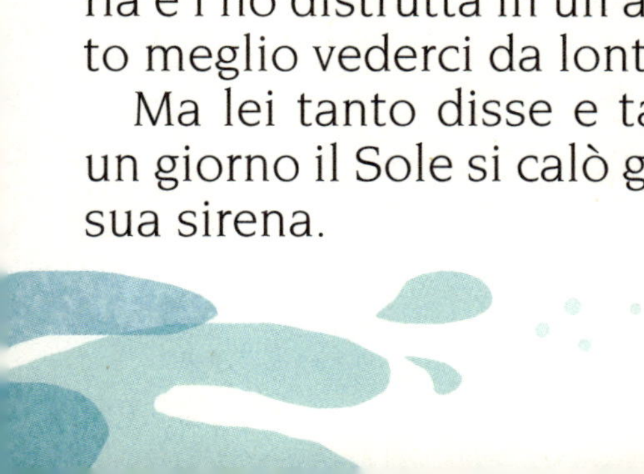

Subito si alzò dal mare una nebbiolina sempre più fitta, mentre il livello dell'acqua cominciava a calare. Ormai il mare non sembrava più un vero mare, ma un laghetto, una pozzanghera: il calore del Sole ne aveva fatto evaporare un bel po'.

– Ma che cosa succede? –. I pesci, spaventati, con le poche forze rimaste nuotarono verso un punto lontano dove l'acqua era ancora profonda.

Anche Sariel nuotava, gridando: – Senza il mare non sarò più una sirena, e se non sono una sirena non sono niente!

Dall'alto, il Sole vedeva i pesci, le stelle marine, le meduse e le sirene che nuotavano disperatamente verso gli oceani lontani.

Sariel e le sue compagne, per paura di non avere abbastanza acqua, si tuffavano sempre più in profondità, e andò a finire che persero per sempre la parte umana e diventarono pesci e basta.

Il Sole si disperò. – Ho combinato un altro guaio – gridò, anche se questa volta non era stata tutta colpa sua.

– Basta – si disse poi. – Si vede che il mio destino è quello di rimanere solo.

E per qualche secolo tornò a chiacchierare solo con Ziz, che pur essendo sciocca aveva un buon carattere e non perdeva mai l'allegria.

Ormai il Sole era sempre un po' triste, ma ogni tanto, ricordando il consiglio della Luna, si abbassava appena appena per vedere meglio quello che succedeva nel mondo.

Così un giorno sentì una voce che si lamentava, dicendo: – Sono sempre sola! Quanto vorrei un'amica, o un innamorato...

– Chi è che parla così? – si incuriosì il Sole. Erano proprio le stesse parole che tanto tempo fa lui aveva detto alla Luna!

Si avvicinò ancora, e finalmente vide che a lamentarsi era Marika, la montagna più alta del mondo, così alta che nessuno era mai riuscito a toccarne la cima.

Marika era veramente bellissima. Alla base era fatta di rocce e di terra, ma man mano che saliva diventava di ghiaccio, un ghiaccio duro e trasparente, con riflessi rosa e azzurri. La sua testa era sempre circondata da nuvole che la cingevano con mille corone di forme diverse.

Marika era orgogliosa di essere la montagna più alta del mondo, però non era felice.

– Sono così sola – confessò subito, appena il Sole le rivolse la parola. – Le altre montagne fanno finta di rispettarmi, ma sono invidiose e non vogliono chiacchierare con me. Dicono che mi do delle arie solo perché sono la regina delle montagne. Ma non è colpa mia!

– Proprio come succede a me! – gridò il Sole.

Poi cominciò a raccontare a Marika tutta la sua storia, e così quei due scoprirono di essere molto simili e di avere tante cose da dirsi.

– Però non posso avvicinarmi troppo a te – disse il Sole che si era già innamorato. – Sono successe cose terribili, quando ho provato con una prateria e con la sirena Sariel.

– Ma io sono fatta di ghiaccio! – rise Marika. – Non posso bruciarmi.

Il Sole aveva paura di abbassarsi, ma la montagna continuava a insistere.

– Vieni, scendi pure – gli diceva con voce tranquilla.

Allora lui si lasciò convincere e si avvicinò.

Si sentì un fortissimo *vuuuum*! Il gran calore del Sole aveva sciolto il ghiaccio della cima, ma solo un pochino.

Di notte, quando il Sole si tuffò nel mare, la parte sciolta diventò di nuovo ghiaccio.

E andò così ogni volta.

Quando il Sole si avvicinava la cima si scioglieva, ma la notte tornava a gelare, prendendo forme e colori bellissimi e sempre diversi.

– Guarda la montagna! – dicevano gli abitanti della valle, puntando verso l'alto il cannocchiale. – Ha cambiato forma un'altra volta!

Non sapevano che Marika si divertiva a cambiare per fare una sorpresa al suo innamorato.

Così il Sole ogni giorno aspettava quel piccolo miracolo, e ogni giorno era felice.

Chi è Lia Levi?

Lia (*la prima a destra*)
a otto anni con le sorelle

Quando ero piccola leggevo talmente tanti libri che mi è venuta un'idea: «Quasi quasi ne scrivo uno anche io» mi sono detta. Ho capito però che era meglio rimandare il progetto a un'età un po' più "cresciuta", ma per essere sicura di non dimenticarlo ho scritto una lettera a me stessa grande. Insomma, mi sono fatta una raccomandazione: «Non dimenticare» mi dicevo «che dovrai fare la scrittrice». Questa lettera la conservo ancora.

Invece per un po' me la sono dimenticata. C'era la guerra, e io come bambina ebrea ho vissuto l'esperienza delle persecuzioni contro gli ebrei, prima con il fascismo, che mi ha cacciata da scuola, poi con l'arrivo dei tedeschi in Italia e il pericolo di essere arrestata e portata via. Mi sono salvata con le mie due sorelle più piccole in un collegio di suore, e anche i miei genitori, per fortuna, si sono salvati.

Quando la guerra è finita ho proseguito gli studi, finalmente in una scuola pubblica, e poi mi sono laureata in Filosofia. Come lavoro ho scelto il giornalismo. Si trattava sempre di scrittura, ma di una scrittura ben diversa, sempre in mezzo alla gente e ai fatti che accadevano.

È stato divertente, ma il desiderio di provare con un romanzo l'avevo sempre dentro.

Finalmente un giorno, quando ero già abbastanza avanti con gli anni, ci ho provato. Come? Scrivendo proprio tutta la storia di quello che mi era capitato da bambina con la guerra e tutto il resto. Questa storia è piaciuta e l'hanno letta tante persone. Non era nato come libro per ragazzi ma lo è diventato da solo, dato che si è diffuso molto nelle scuole.

È stato così che ho cominciato a fare tanti incontri con gli studenti che lo avevano letto, e a discuterne con loro. È stato molto bello. Per questo ho deciso di continuare. Accanto ai libri per adulti ho cominciato a scrivere quelli destinati a bambini e ragazzi, e da allora non ho più smesso.

Scrivere libri è molto emozionante. Avevo avuto ragione da bambina.

Lia Levi

Chi è Maurizia Rubino?

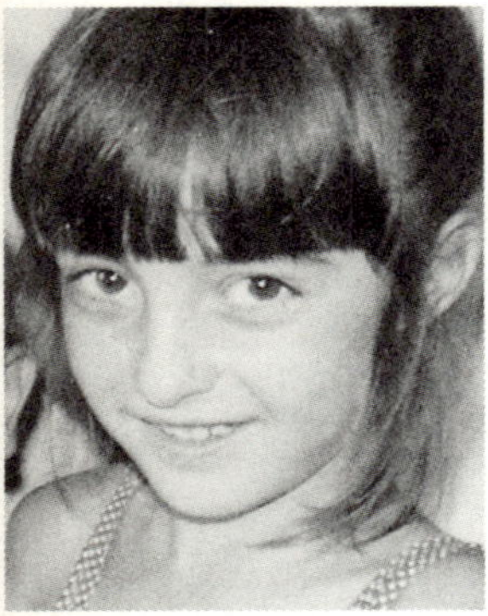

Maurizia da piccola

Maurizia Rubino nasce a Milano nel 1977, e appena è in grado di parlare rivela la sua vera identità: Monica Stone è il suo vero nome, almeno così dice per qualche anno fino a quando decide di assecondare i suoi genitori che insistono con Maurizia. Niente lascia intravedere un futuro da disegnatrice: le prime opere realizzate all'asilo sono il risultato di un metodo particolare; «Maurizia disegna al contrario, parte dai piedi e arriva ai capelli» dicono le maestre storcendo il naso.

Solo alla fine del Liceo Artistico mette a fuoco il suo futuro, e alla domanda post esame di maturità risponde che intende fare l'illustratrice, senza sapere assolutamente che mestiere sia.

Maurizia Rubino